KB194010

삶의 향기

삶의 향기

2025년 4월 3일 제 1판 인쇄 발행

지 은 이 ㅣ 민복기
펴 낸 이 ㅣ 박종래
펴 낸 곳 ㅣ 도서출판 명성서림

등록번호 ㅣ 3012014013
주   소 ㅣ 04625 서울시 중구 필동로6(2,3층)
대표전화 ㅣ 02)22772800
팩   스 ㅣ 02)22778945
이 메 일 ㅣ msprint8944@naver.com

값 10,000원
ISBN 979-11-94200-81-9

삶의 향기

민복기 시집

도서출판 명성서림

🖊 작가의 말

작은 나뭇가지로 우물을 파듯 인내심을 가지고 글을 씁니다. 한 줄을 쓰려고 지우기를 수백 번, 나름의 많은 수고로움과 공을 들였지만 세상에 내놓으려고 하니 두렵고 부끄럽습니다. 외로움을 타는 첩첩산중 어린 풀잎처럼 떨리는 마음뿐입니다. 새벽에 일어나 컴퓨터 앞에 앉아 글을 쓰다 보면 왜 이 어려운 글을 쓰고 있을까 하는 생각도 해 봅니다. 정성과 최선을 다해 노력하지만, 항상 가난한 마음뿐임을 피할 수 없습니다. 항상 꿈을 꾸며 모자람을 채우도록 노력하겠습니다.

이 책이, 이 글을 읽는 모든 분께 조금이나마 도움이 되었으면 하는 마음으로 다잡아 봅니다. 글쓰기는 나에게는 더 없이 행복이며 기쁨입니다. 시련과 고난 속에서 단련된 글은 아름답고 신선하다고 합니다. 나만의 향기를 갖도록 글쓰기를 게을리하지 않겠습니다. 모든 이에게 따뜻하고 행복만 있으시기를 영원히 바랍니다.

목차

1부

추억의 소리

2부

기쁜 일만 생각하라

3부

소리 내어 웃어라

4부

인생은 물길

5부

마음에도 꽃은 핀다

6부

그날이 오기를

1부

추억의 소리

달빛

언덕 위에 여린 꽃들이
달빛을 품으니 방긋이 웃는다
어제 핀 꽃도
그제 핀 꽃도
모두 행복해한다
돌에 부딪히는 물도
멍이 들어 흐르고
먼 길을 쉬지 않고 흐르는 물
비운 마음으로 살아가자 한다.

세월은 말이 없다

실같이 풀어내는 폭포가 있어
깊은 골짜기는 외롭지 않다
새들도 이슬을 먹으려고
새벽길을 나선다
연못마다 드러낸 바닥은
삶의 고난이다
인생이란 박힌 돌에 넘어지고
믿는 도끼에도 몸을 다친다
삶은 고난의 파도 속에
인생을 묻어 두고 산다.

깊은 골짜기 작은 꽃

볕이 하얗게 내린 곳에
작은 풀꽃이 눈곱을 턴다
골짜기에 작은 풀꽃이건만
공들이지 않고 피는 꽃은 없다
달빛은 내 마음을 대신하려는지
꽃잎에 앉아 밤이 밝아지도록
곱다고 이야기를 풀어낸다.

인생은 짧고 아픔은 크다

행복은 영원하지 않다
수명이 어디까지인지 저마다 다르지만
삶은 천년을 살려고 계획을 세운다
행복은 짧아 잡아둘 수 없다
평생을 쫓아가야 하나 보다
호수 위에 비친 그늘이 있듯이
생존하는 곳에 아픔도 행복도 있다
삶도 꽃잎처럼 피고 지는 것이다
아름답고 고운 꽃길도 있고
시리도록 추운 길도
봄처럼 따뜻한 길도 있다
아픔도 행복도 계절처럼 오고 간다.

바다와 여인의 삶

숲이 우거진 작은 오두막집
바다에 나간 남편은 돌아오지 않고
주인 잃은 도구들은 말을 잃은 듯
빨랫줄 위에서 늘어지게 아픔을 토한다
아기는 울면서 보채고
백발 노인은 말을 잃고 아기 등만 어루만져 준다
사람도 삼키고 간 바다는
어제와 다른 평화로운 바다인데
사랑하는 남편을 잃은 여인은
울음조차 잃은 듯하다.

아름다운 꽃의 마음

너를 알고 나를 알게 되고
나를 보고 너를 알게 된다
서로 보고 배우는 꽃들은
예쁘지 않은 꽃이 없다
오가며 앉아서 자세히 보면
볼수록 눈이 부신 아름다운 꽃
바람도 다가와 사랑을 나눈다
햇살도 다가와 따뜻하게 품어 준다.

커피 짝사랑

나는 너를 사랑하지만
너는 나를 사랑하지 않아
가까이하려면 나를 아프게 한다
그리움을 부르는 향기지만
그리워할수록 나를 아프게 한다
맛도 향기도 모르는 나에게
새로운 맛의 향기를 음미하니
잠시나마 내 영혼이 맑아진다.

눈 위에 달빛 편지

당신에게 몇 자 적어 봅니다
하얀 눈 위에 펼쳐진 달빛 아래서
쓰고 싶은 이야기를 씁니다
달이 애처롭게 바라봅니다
저 달이 당신일 거야 믿고
그리움을 몇 자 적어 봅니다
어느 아침 떠났다는 이야기에
간 곳은 알지만 찾아갈 길은 없어
눈 위에 그리움을 적어 봅니다
그대를 생각하면서 편지를 보냅니다.

어느 날

돌아오는 길 잃었는지
그 길이 싫다던 그 마음을 아는데
어쩌다 그 길을 선택했는지
오래 참아 준 신에게 미안해서
어쩔 수 없이 발길을 옮겼나
지각 좀 해도 아주 괜찮은데
달도 찾아와 애련하게 바라본다
어제의 추억은 생생한데
미안해서 옮긴 발이었을 거야
약속을 저버리지 못해서
촛불에 추억만 걸어 놓고 떠난 사람

삶의 향기

흔들리지 않고 피는 꽃은 없고
흔들리지 않고 사는 삶도 없다
사노라면 찢기고 얼룩지고
아프고 상처받으며 산다
비바람에 부딪히고 깨지고
고난이 심할수록 인생은 강하다
어려움 속에서 핀 꽃은 아름답고 향기롭다.

키 작은 꽃

돌과 바람뿐인 아름다운 곳
예쁜 꽃들이 바람에 살려고
작게 엎드려 세상을 알아간다
꽃들도 살아가는 지혜를 배운다
작은 풀꽃들이
바람에 흔들리며 무리 지어 산다
파도 소리에 귀 열고
바람이 없이 살 수 없다는 것을
낮은 자세로
마음 비우면서
바람에 흔들리며 산다.

비가 내리면

들판에 비가 내리면
돌자갈 드러낸 도랑물도
아름다운 노래를 부르며 흐른다
실개천은 웃음소리에 행복하고
맑고 고운 날 언덕에 앉아
곱게 핀 풀꽃을 바라보면서
나도 예쁜 꽃이 되곤 한다
장독 옆 분꽃도 앵두꽃도
푸른 잎 속에서 붉게 피운 미소도
추억은 물소리처럼 행복하다.

추억의 소리

사노라면 물도 산도 만나고
힘들었던 그 시절도 애틋하다
알고 사는 지혜가 이런 것이다
아픔이 온다 해도 물고기 헤엄치듯
다시 일어날 수 있는 힘이 있다
그 시절 즐거운 날도 없었는데도
아름답지도 행복도 없었는데도
추억은 지혜를 알려 주었다.

세월은 무심히 흐른다

조용히 시작되는 하루
눈밭에 푸른 새싹이 솟아나고
바람에 실린 냄새조차도
오늘은 어제와 다르다
계절은 바람같이 지나가고
역경을 이겨 낸 소나무처럼
만산을 지켜 내는 푸른빛은
봄빛에 마음을 키운다.

풀꽃의 마음

풀꽃은 홀로도 외롭지 않다
오가는 이들의 발걸음 소리를 듣고
고운 마음으로 피운다
밤이면 등이 되어 밝히고
낮이며 예쁜 마음으로 피운다
풀꽃은 최선을 다해 지는 날까지
사랑하는 이들에게 사랑을 준다
고운 향기로
밝고 고운 꽃등으로
오고 가는 이들에게 행복을 준다.

삶은 어제나 그제나 같다

삶은 자연이 돌리는 물레방아
자연을 숭배하며 살아간다
뿌리 없는 풀을 키우지 않는다
항상 부귀한 것도 아니다
하늘의 뜻은 차별을 두지 않는다
살아 보니 어제보다 좋으면
이런 것이 행복이구나
행복이 따로 있나
마음이 편하면 행복이다.

태풍이 쓸고 간 자리

태풍이 휩쓸고 간 마을에
맑고 고운 햇볕이 마을을 달랜다
새들도 울며불며 자기 집을 둘러보고
동네 한복판에 주저앉아 있는
나무 한 그루가
동네 주인인 양 어른처럼 자리를 잡고
북적대던 실개천도 조용히 흐른다
태풍이 몰고 간 아픔들이 쌓였다
자연의 소중함을 알기에
원망도 자책도 하지 않는다
아픔을 묻어 놓고 하늘만 쳐다본다.

말없이 떠난 사람

별빛 같은 눈빛으로
떠나려고 준비 중이었을까
추운 날 먼 곳에 가기 힘든 걸 알고
이승에 남으려고 애썼는데
당신 떠나고도 봄은 찾아오고
꽃은 다시 피고 웃는데
보이지 않는 당신의 빈자리는
당신과 놀던 햇볕이 앉아 있다.

마지막 잎

발등을 덮고 있던 낙엽들이
갈 곳을 잃어 바람에 구른다
돌담 위에 마른 풀꽃도
저 나뭇가지 끝에 남은 낙엽도
언제까지 지탱할지 눈길이 간다
오늘도 가을은 깊어만 가고
낙엽이 우수수 하고
바람이 몰아간다
벤치에 포개 앉은 마른 잎들은
슬퍼도 외로워도 울지 않는다
황혼 빛에 기대어 남은 빛으로
따뜻한 체온을 모은다.

살면서 배운다

마음은 낙엽처럼 시들고
서서히 다가오는 종착지
언제부터 시작했는지
아픔은 하나둘씩 늘어나고
한두 개씩 잃어가는 세포들
누구에게나 맞이할 그날이
서서히 쉬지 않고 다가선다.

2부

기쁜 일만 생각하라

살아보니 알게 되더라

역경에 처해야
사람의 가치가 드러난다
좌절이란 삶의 스승이다
기회와 인연은 만들어 가는 것이다
기다리는 것이 아니라
내가 만들고 지켜야 한다
처음부터 빈손이었으니
욕심부리지 마라
마지막에도 빈손이다
잃은 것도 얻은 것도 없으니
후회는 없다.

살아가는 고개

실수하고 부딪혀야
인생의 가치를 드러낸다
삶이 행복해지려면
실패와 함께 인생을 배운다
실패는 성공의 어머니라고도 한다
허무감에 지지 말고
행복함에 속지 말자
인생이 가는 길은 평탄하지 않다

기쁜 일만 생각하라

기회는 누구에게나 찾아온다
포착하지 못하면 잃을 수도 있다
기회를 인연으로 만들어야 찾아온다
역경 속에 숨어 있기 때문이다
고난과 역경을 이겨 나가는 사람이
최후에 승자가 된다
실패는 성공하는 법을 알려 준다
성공하기 위해 만 번의 준비가 필요하다
최선을 다하지 않으면 그마저도 달아난다.

살구꽃

달빛에 졸고 있는 살구꽃
살구꽃 핀 마을은 내 고향 같다
살구꽃 핀 마을을 지나칠 때면
추억의 이야기가 절로 피어난다
고운 달빛에 새들도 잠이 들고
살구꽃도 졸고 있다
물 위로 비치는 희미한 낮달이
고향을 더욱 그립게 한다.

마음에 봄

겨우내 속앓이로
죽은 듯이 조용했던 들녘에
봄의 입김이 스쳐 가는지
땅속에서 푸른 싹들이 꿈틀댄다
버들가지도 봄빛에 뒤척인다
그림으로 그릴 수 없어
마음에 담아 본다
마음에도 봄꽃이 피려고 한다
봄의 꽃들이 아픔을 지우고
행복을 피워 올린다.

봄이 오는 길목에서

강가 언저리에 키 큰 갈대숲
술에 취한 것처럼 하얀 머리로
춤을 추며 나를 유혹한다
봄인가 하다가도 겨울 같고
겨울 같다가도 봄 같다
건너편에 늘어진 버들가지
연한 연둣빛이 선연한데
들에는 눈이 덮여 있다
봄빛에 함초롬히 젖은 나뭇가지는
봄씨를 따로 뿌리지 않아도 푸르르다
부르지 않아도 봄은
내 옆자리에 앉아 있다.

연꽃

아침 이슬 머금고 피어난 꽃
아름다운 자태로 웃음을 머금고 있다
마음 모아 조용히 핀다
숨소리도 방해될까 두렵다
말이 필요 없는 무한대의 꽃
달빛에 씻고 이슬에 피어 곱기도 하다
맑고 고아
부처님 꽃이라 했나 보다
연꽃을 보면서 마음을 비워 본다.

부질없는 욕심

부질없는 욕심은 아픔만 키운다
세월을 당길 수만 있다면
후회 없이 살리라
사랑을 나눌 수 있는 거목처럼
오며 가는 이들에게 쉼터가 되어 주고
그늘이 되어 주면서
집 없는 새들에게는 둥지가 되어 주고
많은 것을 품고 있는 거목이 되고 싶다
외롭고 쓸쓸한 가슴을 녹이는
따뜻하고 밝은 등처럼 되고 싶다.

봄이 오는 소리 I

스쳐 지나가는 바람이 나쁘지 않다
시리게 날 서 있던 겨울도
시나브로 불어오는 봄바람이 마음을 녹이고 있다
겨울도 사라질 준비를 한다
먼 곳에 아른대는 아지랑이는
따듯함을 품고 와 내 마음을 데운다.

행복한 꽃

한적한 곳에 핀 하얀 꽃
새들도 들러가는 곳
달도 무릎 꿇고 들러 보는 꽃
참참이 들러 가는 햇빛과 바람
아침이슬에 얼굴 씻은 듯이 맑다
꽃잎은 행복해한다.

이른 아침

뜰아래 꽃밭을 바라본다
아침 이슬방울이 꽃잎에 앉아
맑고 고운 눈빛으로 깜박인다
풀잎 위에 구르는 이슬들
내 마음도 이슬을 닮아
맑고 고운 빛이었으면 하고 바라본다.

빈 마음

마음을 담은 그릇이 작아서일까
아픔으로 채워진 마음의 그릇이
길을 잃고 겁을 먹은 어린 짐승 같다
날개를 잃어서 슬프고 아프다
남겨진 것은 외로움뿐이다
바람이라도 스쳐 지나가면
내 마음은 더욱 비어 간다.

추억

마음 그릇이 작아 작은 것에도
내 마음에 생채기를 낸다
나를 보듬으며 살 수 있는 건
하나하나 꺼내 볼 수 있는 좋은 추억들
내 마음의 생채기는
내가 가진 좋은 추억으로 치유한다.

내가 가는 길

평탄한 길도
가시밭길도
내가 가는 길이다
때로는 부러진 가지도 잡고
때로는 단단한 가지도 잡고
나는 간다
가면서
허탈하기도 하고
행복하기도 하고
넓은 길도
좁은 길도
나는 간다
매섭게 춥고
숨 막히게 덥더라도
나는 내 길을 간다.

어머니의 은혜

당신은 무슨 생각하셨을까
비단에 큰 자를 움직이시며
군소리하시던 어머니
자식들 아끼고 보듬으면서
젊음이 싫다고
빨리 늙고 싶다고 하시던 어머니
삶이 얼마나 고달프시면
영혼이 시들기를 바래셨을까
당신의 무한한 은혜
갚을 길이 없어
오늘도 가슴으로 울고 있습니다
사랑합니다.

한 줌의 흙

아카시아 향기가 질펀한데
시장 어귀에 놓여 있는 청자와 백자는
오월의 화려함을 풀어 놓고 있다
곱디고운 한 줌 흙으로
요조숙녀로 태어난 청자 백자
하늘에서 내려온 선녀처럼
그들의 앞날은 설렘과
나눔의 연속일 것이다
고달픈 내 생에
마지막 꿈일지도 모른다.

세월은 알려주지 않는다

아침에 들려오는 새 울음소리
그곳이 고향인듯 아닌듯
아는 게 울음뿐이라 울고
세월에 젖은 사람들은
세상을 곧 떠날 것을 알면서도
최선을 다하며 살아간다
세월은 입을 다물고 묵묵히 흐른다
행복도 아픔도 말해주지 않는다
길게 살아온 사람만이
그 뜻을 알게 된다
인생은 만들어가는 것이라고!

산골 여인

산골에 땅 돋우며
그늘에서 쉬어가며 살고 싶었다
산나물 뜯고 텃밭에 채소 심어
보리밥에 된장 찍어 먹으며
지난 일들을 꺼내 보며 살고 싶었다
달을 촛불처럼 하늘에 걸고
국화 향기에 취해 보며 살고 싶었다
해와 달 그리고 별을 마당에 가득 담고
찔레꽃 울타리에 향긋한 향기 맡으며
그렇게 살고 싶었다
약속한 사람은 먼저 떠났으니
변치 않는 것은 여인의 마음뿐이다.

가을의 달빛

뜰아래 쏟아 놓은 달빛
밤하늘에 별들이 하나둘씩 졸고 있다
달빛과 바람이 창을 흔들고
향기로운 국화 향기는 공기를 덮는다
익어 가는 밤도 덜 익은 과일도
내일을 위해 꿈을 꾸고 마음을 키운다
초승달도 노송에 누워 잠을 자고
가을에 화려한 풍경도 하루하루 변해 간다.

날개 달고 날아갔다

그대는 날개를 달고 날아갔다
무던히 꿈을 키우며 살았는데
너도나도 모르게 날아갔다
아픔의 고리를 끊고
어두운 긴 세월을 끊어버리고
지칠 때까지 살아보려고 했지만
견디기가 힘들어 마음 비우고
가볍게 날아갔나 보다
영원히 찾을 수 없는 세계로

3부

소리 내어 웃어라

사노라면 수없이 넘어진다

행복만 있을 것만 같았다
짧고 꿈같은 세월 앞에
웃어 본 날도 없었는데
기약도 없는 아픔과 시련들
꽃을 피우려고 앞만 보고 달렸다
아픔 안고 웅크리면서 슬퍼만 했던 날들이
지나고 보니
행복의 장난질 같다.

마음의 숲속

잠 못 이루는 밤이면
추억의 숲에서 이리저리 헤맨다
사소한 일에도 마음 다치고
상처받아 밤을 지새운 날들
상처받고 아픔만 절절히 키운다
봄의 입김이 겨울을 녹이듯
이 봄에 허술한 내 마음을
옹골지고 야무지게
마음을 가다듬어 본다.

소리 내어 웃어라

훌륭한 습관이 미래를 연다
열정은 성공의 열쇠다
경쟁보다 서로 돕고 협력하라
실패는 성공하는 것을 알려 준다
생각을 바꾸면 세상이 바뀐다
시작하지 않으면 성공할 수 없다
일찍 일어나는 새가 배를 채운다
입버릇이 인생을 결정한다
지나친 의욕은 병들게 한다
행복하다고 말하면 행복해진다.

꽃을 보라

힘겨워도 울지 마라
꽃도 아픔이 있을 것이다
꽃에 안기면 모두가 행복하다
꽃도 아픔을 깊숙이 묻어 둘 뿐이다
모른 척 잊고 살면 흘러간다
마음이 시리도록 아플 때
꽃을 보라

낙엽 지는 소리

가을 단풍잎이 붉게 물들 때
내 마음도 곱게 물이 든다
왔다 가는 계절을 바라보면서
생각이 많아진다
목적지도 없이 떠다니는 낙엽들
외롭지 않으려고 햇볕과 함께 웃고 있다
나의 마지막 인생을 보는 듯하다
벤치 위에 모여 앉은 낙엽들
핏기 잃은 몰골로 노을빛에
남은 햇볕을 품으려고 뒤척인다.

마음을 비우니 꽃이 피네

마음을 비우니 아픔도 사라진다
아픔을 지우려고 부디 애쓰지 마라
욕심을 조금 내려놓으면 만사가 편하다
아픔은 물과 같아서 흘러간다
행복이란 내 것도 네 것도 아니다
슬픔도 행복도 내가 만들어 간다
아픔으로 마음 태울 필요도 없다
물 위에 뜬 낙엽처럼 흘러간다.

눈 위에 펴 놓은 달빛

달빛이 눈 위에 곱게 펴져 있습니다
한 자 한 자 사랑한다고
적어봅니다
눈 위에 짧게 그리움을 담아
달빛에 얹어 당신에게 보냅니다
벌거숭이 나무도 마른 갈대도
눈 한 짐을 지고 서 있습니다
달은 그리움 풀며 바라봅니다.

장마

흙물이 넘치게 흐르는 개천
삶의 흔적들이 흙물 위에 얹어
고성을 치며 흘러갑니다
햇살은 애타는지
노을을 잡아 달라고 애원합니다
망가진 동네의 바위와 풀들이
굴러와 주위를 살핍니다
가지 끝에 앉은 매미도
해가 지도록 울고 보챕니다.

바닷길

와삭대는 마른풀 소리에
거친 파도도 숨을 죽인다
바닷길은 넉넉하다
들의 향기마저 다르다
산과 바다가 어우러진 곳에
그 향기만도 풍요롭다
거침없이 솟아오른 자연의 신비
천 리 길 절벽에 실같이 풀어내는
비단같이 걸려 있는 폭포
웅어리진 내 마음도 풀어 내린다.

마음의 달

창백한 현관 등을 끄고
창밖에 걸린 달을 바라본다
시원한 바람이 볼을 스쳐 간다
드넓은 하늘가에 노란 저 달
내 마음속에도 떠 있다
아련한 추억들이 그리움을 펴낸다
떠난 사람을 지울 수 없어
멍하니 바라보는 달
파도처럼 밀려오는 그리움
가슴을 훑고 지나간 그 시간
아픔을 지우려고 하면 다가선다.

지우고 싶은 마음

그대가 떠나고 알게 된 것은
미안하고 아픈 마음뿐이다
그 마음을 지울 수가 없다
겨울 달처럼 차가워진 마음
흐르는 물처럼 늘 소리 낸다
나의 생에 고통스러운 날
잃고서야 보이는 뉘우침
마음속 아픔만 동여진다.

여름 한나절

여름 한나절에 물이 없는 넓은 개천을 본다
풀꽃도 돌도 목말라 있다
싱그러운 대숲도 고개 숙인다
숲에서는 꿀벌도 일하지 않는다
풀꽃 향기도 힘을 잃고
오락가락한 빗줄기에
메마른 잎들이 춤을 춘다
선물을 내렸으니
개천도 숲도 행복해한다.

가을 해 질 무렵

뜰아래 어둠이 밀려오고
바쁘게 움직이던 새들의 놀이터도 조용하다
고향 찾아드는 별자리도
바람에 조용하다
고만고만한 분꽃들이 입을 다물고
들에 있던 아낙도 집으로 돌아온다
송아지는 어미 뒤를 따라오고
굴뚝 연기는 허리띠처럼 솟는다
깜빡깜빡 흐릿한 등불에
오락가락 그림자만 지나간다.

착한 사람

남김없이 주고 싶었는데
해는 저무는데 새처럼 날아가고
빈자리는 누구도 대신할 수 없다
세상에서 가장 착하고 힘없는 사람
비운 가슴으로
그렇게라도 살았으면 했는데
집 찾아오다 길을 잃었는지
말없이 가버린 사람
가고는 영영 소식이 없다.

물소리 들으며

푸른 이끼 낀 돌계단
휘어진 산모퉁이
돌 위로 구르는 물소리
솔 향기 질펀히 누인 곳
지나는 바람이 쉬어가란다
계곡물 구르며 마음 비우란다
향기도 거들고
펴놓은 세월도 지고 가란다
쉬엄쉬엄 가도 늦지 않았다고
마음만 바꾸면 행복하다고
좋은 추억만 생각하란다.

대나무 숲속에서

찌든 마음을 말끔히 씻으려고
푸른 물결이 넘실대는 대숲 속을 거닌다
마음을 펼쳐 놓으니 온갖 잡념이 사라진다
바람도 없는데 대숲 속은 수선하다
한 발 한 발 숲속으로 수영하며
해그림자만 얼룩처럼 펴져 있다
골이 깊은 물을 벗 삼아
자연과 풍류가 어우러져 풍요롭다
찌든 삶을 자연에 던져 버리고
빈 마음으로 푸른 꿈을 채우련다.

아픔을 지우려고

상처를 받을 때
그때는 말 못 하고 돌아와 후회한다
자신을 원망하며 채찍질한다
용서하라
이것이 너를 위한 길이다
아픔을 담아 두면 상처가 독이 된다
상처만큼 아픈 것을 알기에
참아야 하고 묻어야 한다
쉽지 않은 덧셈이다
아픔은 아물지 않고 상처로 남는다.

삶은 차이가 크지 않다

저 사람은 어떻게 살까?
모두가 잘살고 있는것 같은데
저 사람도 아픔이 있을까?
살아 있는 모두에게 아픔이 있다
산다는 것은 고통과 시련이 따른다
그런 것이 삶이다
누구를 이기는 사람보다
자기를 이기는 자가 진실로
승리자라는 말이 있듯이
살아가는 길은 험하고 고달프다
상처받고 후회하고
그렇게 사는 것이
살아가는 길이다.

여린 꽃

긴 다리 접고 앉아 꽃을 본다
사랑받기 위해 피어난 꽃
얼음이 덜 풀린 곳에서 핀 여린 작은 꽃
부드럽지도 않은 곳에서
힘겹게 싸워 이겨 낸 작은 꽃
집념 하나로
고통의 시간을 참고 견뎠기에
그 힘으로
작은 꽃이 꽃등이 되어 걸렸다.

4부

인생은 물길

당신 마음 아니까

당신 표정으로
그 마음 다 알 것 같다
미안함 없어도 돼
나는 당신 마음을 아니까

꽃

나는 너를
얼마만큼 사랑하는지
너는 알 필요 없어
오로지 내 마음이다
너에게 전달되지 않아도 돼
내가 너만 사랑하면 되니까
너는 모두에게
행복을 주는 힘 있어
사랑할 수 있는 힘도 있어
너를 사랑하고부터
나는 행복했으니까

신발

한 귀퉁이에서 늘 잠자던 너
나가고 싶다고 노크했지만
한번 멀리 나가 본 적 없이
몇 년 동안 늘 그 자리에서 꿈만 키웠지
나부터 챙겨달라던 그 눈빛이 선연하지만
나도 이제 늙어버렸어.

서걱서걱 대숲소리

대나무 숲들이 주고받는 소리
숨죽이고 소리를 들어 봐
물소리와 대숲이 부딪히는 소리는
마치 들어 보지 못한 음악이 흐른다
서늘한 바람에 마음까지 경이롭다
마음을 달래며 한 발 한 발 딛고 가면
대숲들이 하늘에 붓질한다
붓으로 그리는 산수화를 보는 듯
자연의 풍류가 어우러져 있다
마음도 대숲에서 풍요를 즐긴다.

인생은

작은 옹달샘이 있는
깊은 골짜기는 외롭지 않다
큰 바위에 작은 돌이 부딪혀
물조차도 멍들고 상처가 있듯이
삶도 상처 없이
사는 인생은 없다
그것들이 있어 인내하면서 꿈을 키운다
고난과 시련이 인생의 가르침이다
그 아픔 뒤에는 행복이 있다.

지혜 주머니

인생의 끝자락에 서 보니
눈물로 얼룩진 시간이 없었다면
꽃을 피우지 못했을 것이다
향기 없는 꽃은 열매도 없듯이
시련 속에서 지혜를 배운다
지혜는 잊을 일도 깨질 일도
도둑맞을 일도 없다
돈으로 바꿀 일도 없다
지혜를 숨길 주머니도 필요 없다
지혜는 영원한 내 것이니까!

산속 친구

익숙한 손님도 아닌데
길도 없는 곳에 손님을 반기려고
초롱꽃 등불이 줄 서 나온다
달도 별도 나와 반긴다
산들도 노래하고 숲은 춤춘다
바람도 마음껏 즐긴다
산식구들 모두 나와 즐겨주니
이보다 행복과 사랑이 있으랴

아픔 없이 살 수 없다

같이 걸으면 꽃길이었는데
수십 년의 아픔에
초승달이 커 가듯 아픔이 커 갔다
비단 짜듯 올올이 아픔이 엮이던 그날
업을 닦았으니 마음 편히 간다고
태산처럼 받은 은혜 값을 치르고
떠나는 날 푸른 날개 달았다고
말 주머니도 열렸다고 말했는데
아픔도 털고 떠난다고 했는데
가볍게 날아간다고 했는데
이승과 저승의 표현이 다르니
그 마음 그 시간을 알 수 없으니
기별도 없이 떠났다고 했다.

작은 꽃의 미소

골짜기 우거진 숲속에
볼 수 없었던 하얀 풀꽃이 웃는다
내가 찾았기에 더 반갑다
마른 잎 속에
하얀 속살을 드러내며 웃는다
이슬에 얼굴 씻고 말리듯
예쁜 미소로 나를 보고 웃고 있다.

지는 꽃잎도 슬프다

한 잎 한 잎 꽃 피울 때
행복하라고 기도한다
한 잎 한 잎 꽃잎이 질 때
가슴이 아파져 온다
누구나 떠나고 없는 곳을
그 아픔 알기에 나는 아팠다
나는 생각해 본다
내가 가는 길은 슬퍼할 수 없지만
그대 가는 길은 내가 알기에
아파하고 슬퍼한다.

행복찾기

행복이란 주인이 없다
잡으려고 하면 달아난다
만나도 잡아 둘 수도 없다
마음을 비우고 즐기자
지나친 의욕은 병들게 한다
물처럼 쉬엄쉬엄 가자
힘들면 쉬어 가고 막히면 돌아가고
즐길 수 있는 날이 얼마 없다.

나는 울었다

살아온 추억을 알기에
외로워서 울었다
생각이 많아서 울었다
나를 생각하면서 울었다
언제나 푸른 소나무처럼
늘 푸르게 살려고 했는데
물은 낮은 곳으로 내려가듯
내 영혼도 남을 위해 살 수 있을까
남의 아픔도 내 아픔처럼
아파할 수 있을까?

어제 본 그 사람

어제도 생생한 모습이었는데
그제도 눈 맞춤하던 사람인데
밤사이 세상 떠났다고 하네
쉽기도 어렵기도 한 게 죽음인데
마음은 들풀처럼 강했는데
세월도 묻어 놓고
스치는 바람처럼 사라졌다
기쁨도 행복도 후회도 없이
붉고 곱던 그 마음을 아는데
바람처럼 지기에는 아직 좀 이른데....

아픔은 외로운 길

발밑에 돌부리가 있는지
고운 모래가 있는지
밟아 본 사람만이 느낄 수 있다
그늘과 볕을 구분할 수 있지만
계절은 연습 없이도 찾아오고
삶은 연습을 거듭하지만
엉킨 실타래처럼 풀어야 보인다
인생의 길 쉽지도 어렵지도 않다
조금 내려놓으면
행복하지도 불행하지도 않다.

이것이 행복이다

젊어서는 생각이 모자라서
생각 없이 살았고
중년에는 일이 많아
힘에 부치게 살았다
늙어서는 일이 없어도
내 몸 하나도 건사하기 어렵다
내일은 내 것이 아니라 모르고
이 시간이 내 젊음이다
현재 무탈하니 이것이 행복이다.

가을의 소리

따스한 햇살 아래 모여 있는 낙엽들
갈 곳을 모른 채 웅성댄다
바스락 소리 내는 마른 잎들
의자에 웅크리고 앉아 소리를 내고 있다
벌레 울음도 가을 속으로 깊어만 가는데
산속은 헐거워진 마른 잎 소리뿐
바람은 겨울로 달아나고 있는데
바스락대는 나뭇잎 소리에
괜시레 마음이 애잔하다.

국화꽃

쓸쓸한 가을볕에 잎이 지는 소리
햇살에 곱게 핀 들국화
바람아 멈추어라
못다 핀 꽃잎이 필 때까지
조용히 내리는 이슬비에
잊었던 추억들이 되살아난다
국화꽃을 만나면
내 어머니를 보듯이
고개 숙여진다.

민들레의 미소

내 얼굴 알지
늘 이 시간에 지나가면서
너 참 예쁘다는 말
여러 번 했는데
더 많이 오래도록 말할게
아름답고 곱고 예쁘다고
더 많이 사랑할게
웃게 하는 너의 미소는 항상 고마워
너를 보는 날이면
하루가 행복해

잃고서야 알았다

그대 아파할 때
나는 아파하지 않을 거야
가슴도 가뭄이 들었어
약해져도 탓하지 않을 거야
미안함도 부끄럼도 잊었어
외롭지도 낯설지도 않아
힘들수록 강해지는 내 마음
이런 마음이 사랑이었나 봐
그대가 떠나고 알게 된 아픔
멀어지니 모자람이 가슴이 젖어든다.

5부

마음에도 꽃은 핀다

가을 암자

노을빛이 암자에 가득하다
굽이굽이 내리는 산골짜기 물소리
흐르는 물처럼 바람처럼
가 버린 세월을 바라본다
불경 소리에
모난 돌들이 기도한다
희망을 주는 목탁 소리
스님의 옷깃에
붉은 노을빛이 휘감긴다.

달빛에 젖은 할미꽃

할미꽃 앞에 앉아
이야기 나누니
늘 고개 숙인 당신처럼
미안한 마음뿐이래
외로움에 숨겨진 영혼
홀로 고개 숙인 수십 년
달빛 젖은 할미꽃처럼
아픔이 죄인 양 고개 숙였지
당신이 가있는 곳에는 아픔이 우선이래
당신을 환영할 거야

제비꽃

어디서 왔을까
깊숙한 덤불 속에서도
잔디밭에서도
고개 숙여 피였네
언 땅 헤집고 나온 꽃
수줍어서 고개 숙인
제… 비… 꽃

봄이 오는 소리 Ⅱ

산에 오솔길 따라서 가노라면
햇볕에 살얼음이 녹을 때
진달래가 외로운 미소로 반긴다
산길을 오고 가며 만난 진달래
허기진 배를 채우던 추억의 진달래
추억의 꽃은 분명한데
이제 귀한 몸이 되어 눈에 보이지 않는다.

어머니의 마음

마음을 닦아 몽돌이 되었나
힘겹던 그 세월 알기에
하늘도 애틋한 눈빛으로 바라봅니다
행복함을 보시고 눈 감으셨으니
가뿐히 가시었으리라
외로웠던 당신의 그 옛날을 알기에
그 은혜 알기에
이 말밖에 할 수 없습니다
어머니 정말 고맙습니다.

아낌없이 주고 싶었는데

보이지 않으니 아쉬움이 남는다
그곳에 가기 싫다고 했는데
가장 작은 마음으로 살았는데
큰 가슴으로 가 버린 사람
집 오는 길을 잃었는지
영원히 집 찾아오지 못하네
가면 돌아오는 사람 없으니
이런 사람 보았느냐고
물어 찾아볼 수도 없다.

석류나무

앞뜰에 앉아 있는 석류나무
봄이 오면 사랑의 잔병으로
몸살 앓던 날
돌담길에 오가는
행인들의 사랑으로 익어
성숙해진 푸른 석류의 가슴
어느 날 사랑이 알알이 익어서
붉게 터트린다
그 황홀함에 나는 웃어버렸네!

세월은 달처럼 말없이 사라진다

가을빛에 드러난 작은 암자
친구처럼 다정한 작은 시냇물
스님은 초췌한 모습으로
계단 오르고 내려간다
무서리 내린 차가운 뜨락에
검정 고무신은 하얗게 내린
서리 덮고 잠이 들었다
국화 향기는 암자에 가득하고
대웅전 촛불은 제 몸 태우며
온 누리에 사랑만 있기를 빈다
세월은 달처럼 말없이 사라진다

산과 들

세상 모두가 꽃이랍니다
꽃이 되어 바라봅니다
이슬이 방울방울 맺혀 있는 꽃잎들
색도 모양도 다르지만
그 모두 같은 이름이 꽃이랍니다
당신도 나도 꽃이랍니다
꽃으로 활짝 피어난 세상
모두 아름답고 행복합니다.

꽃소식

문틈 사이로 들려오는 봄을
꽃으로 알려 줍니다
당신도 꽃이고
나도 꽃입니다
세상 모두가 꽃이랍니다
꽃에 안기면 행복합니다.

마음에도 꽃은 핀다

초라한 무덤 위에
제비꽃도 할미꽃도 피어
서로 바라보며 웃는다
의좋고 정답게 사는 것이
무덤 주인의 꿈이었나 보다
꽃들은 자리를 선택하지 않고
주어진 대로 오순도순 산다
거친 곳에 핀 꽃이 더 아름답다.

가을 공원

벤치 위에서 햇살이 졸고 있다
해도 마감하려는지
노을빛도 서산 위에 앉아
화려하게 펼쳐 놓는다
옹기종기 모여든 낙엽들은
의자에 앉아 졸고 있고
떨어지는 잎들은 원망이나 하듯
동그라미 그리며 땅에 떨어진다.

가을 달

어디서고 달은 외롭고 쓸쓸하다
마당 한가운데 뜬 노랗고 둥근달
그대를 생각하며 달을 올려본다
그대는 어디에 있을까
달빛을 보며 혼자서 이야기한다
세상은 모두 잠들고 고요한데
그대는 좋은 꿈 꾸고 있겠지
달빛을 밟으며 모아둔 이야기를 푼다.

추억의 이야기

추억은
아름답지 않아도
생각하면 행복해진다
행복한 것도 없는데도
배시시 웃음이 흐른다
작은 것에도 행복했는데
지나간 뒤안길은 험하고 힘들었지만
젊은 하나로 푸르게 살았다
그 세월 수많은 걸림돌에
수백 번 넘어져도 일어났다
삶의 길이 험해도
사람만의 길이 있다
누가 대신할 수 없는 그 길이!

어른이 된다는 것

살아 있는 것은 고달프다
아프지 않고 살 수는 없다
살아보지 않고 말하지 말라
살아보면 여기저기 상처투성이
옹이 자른 곳이 삶의 흔적들이다
어른이 되는 것은
나이를 먹는다는 것은
모든 경험을 견디고 남은 것
주름은 시련을 감춘 흔적들이다.

비구니

돌계단 내려밟으며
하늘도 달도 애석한지
푸른 달빛이 길을 밝힌다
한 계단 두 계단
밟아 오르는 풀섶 길에
푸르게 멍든 마음 삭이는 순간
동행한 달빛이 멀어져 간다
대웅전 바닥 흥건히 눈물로 얼룩진 곳
여승의 연불에 마음 내려놓고
바람도 조율하며 별들도 잠든다
대웅전 뜰 여승의 흰 고무신도
푸른 달도 새벽잠에 들어갔다.

봄

내 마음에도 꽃이 피네
여기저기서 부르는 새 노래
작은 물소리를 듣고
꽃이 산에 들에 번집니다
행복해 눈을 감게 합니다
아른대는 물안개
오솔길에 구름이 봄씨를 뿌립니다
언 땅 비집고 나온 작은 풀들은
하루가 다르게 푸릅니다.

친구

친구야
너가 살고 있는 곳에서도
눈비가 내리니
아픔 마음 따뜻하게 덮여 주려고
꼭 겨울에만 내리는 눈
따뜻한 어머니 마음같이
밤에만 포근히 내리는 눈
오늘도
포근히 내렸다.

언덕 위에 달

밤이면 시냇물 위를 밝게 수놓고
노란 들국화 등이 화려하게 반긴다
졸졸 흐르는 시냇물 노랫소리 들으며
풀벌레 목소리 높여 밤 지새운다
달은 들국화 향기에 취하고
흐르는 물소리에 취하여
갈 길을 잃었나 보다.

그리움

모두 떠나고
홀로 남아서 나는 그리움을 토한다
힘들던 그 세월 같이 겪었던 혈육들
해바라기가 햇님만 바라보듯이
늘 바라보며 사는 것이 행복이었는데
나뭇잎 지듯이 하나둘 보이지 않고
하나만 가지에 달려
지고 없는 이들을 그리워한다
오늘도 보고파서 밤에 별을 센다.

풀꽃 사랑

널 보면 나는 행복하다
자주 보면 더 행복해
아기 같기도 어른 같기도 한 꽃
볼수록 아름다운 꽃
요술쟁이 같은 꽃
무너진 돌담 밑에 엎드려 핀 꽃
바람이 불어주면 한들한들
사랑스럽다.

6부

그날이 오기를

동백꽃

바람은 꽃을 흔들고
깜빡거리며 꽃술은 눈동자를 굴린다
꽃잎에 마음 묶이면 돌아설 수 없고
꽃에 연연하면 내 모습도 잃는다
대웅전 감싸 안은 동백꽃
부처님 마음도 동백꽃이다
붉은 눈물 흥건히 내려놓은 뜰
뜰아래 엎드린 동백꽃
여인의 눈물이 꽃처럼 내렸다
참았던 슬픈이 꽃잎처럼 내렸다.

다짐

말 한마디에 가슴이 멍이 들 때
참 오래도록 가슴앓이한다
옹졸한 가슴에 상처를 입고
노여운 감정 드러내지 못하고
아픈 감정 가슴에 가두고 키운다
모두 사랑하라 하지만
말처럼 쉬운 일은 아니다
작은 것에도 상처 입는다
사람이 모인 곳에는 가지 않는다
좁고 옹졸한 내 마음 다칠까 봐
새해에는 넓은 가슴이 되었으면 한다.

전염병

달빛이 곱다고 새들은 노래한다
세상이 모두 아파하는데
이웃도 잃어서 슬픈데
계절은 어김없이 찾아와 봄꽃이 만개한다
얼마나 상해야 물러날까
봄도 꿈같이 지나가는데
전염병도 바람처럼 날아갔으면….

기도 소리

누구를 위해 기도하나
잠시 귀를 기울여 봐
고요한 밤 깊은 한숨을 풀던 날
별들의 소리를 들어 봐
내일도 챙겨 달라고 기도하네
밤 속으로 들어간 사이
당신은 길 떠날 채비를 한 거지
하늘도 달님도 무심하지
나만이라도 알려 주지
간 곳을 모르니
찾으러 갈 수도 찾아올 수도 없다
혼자서 마지막의 길을 떠났다.

떠나는 날

바늘과 실 같은 내 친구
가시밭길도 같이 갈 것 같더니
좋고 싫음 말 한 마디 못하고
친구가 있었나 생각이 든다
그 삶은 얼마나 외로웠을까
아픔에 모두 잃고
사십 년 말로만 살던 사람이
아픔 지고 가 버린 날
따사로운 햇살이 그대를 위로한다
친구 대신 따뜻한 볕이 그대 옆에 앉아 있다.

민들레꽃

밟히고 뜯기어 아파도
길옆에 비켜 앉아 꽃등이 된다
민들레가 슬플 때 울어 보라고
행복하면 소리 내 웃어 보라고 한다
민들레 씨앗처럼 가벼워진다고
바람에 풀씨처럼 날아간다고
시련 없이는 행복이 없다며
세월이 흐르면 알게 된다고
가지에 옹이도 전에 꽃이었다고 말한다.

수묵화

연습을 거듭해도 늘지 않는다
세월이 가고 남은 것은
연습에 지쳐 낡아진 기력뿐
불같은 열정은 지쳐 가고
영혼의 숲에 숨겨진 수묵화 사랑
얼마나 지치고 아파야
너를 만날 수 있을까?

붓과 마음

먹물이 붓끝에서 노닐 때
마음이 다급해지고
먹물이 종이에 스며들 때
내 마음 더욱 약해진다
보드랍게 포옹하며 강약을 표출할 때
내 마음은 눈이 녹아 물처럼 된다
화려하지도 처지지도 않는
말을 잊을 수밖에 없는 붓과 마음
종이와 먹물의 예술이 아름답다.

어머니 사랑

당신의 영혼이 내게로 왔습니다
영원한 사랑이 내 마음에 있어요
마음속에 꽃이 되어 피고 있어요
마음의 문을 열면 당신이 보입니다
당신의 빛과 영혼을
고마움 마음에 묻어 두었습니다
어머니
그 영혼을 닮겠습니다.

지금 이 순간

외로움이 친구가 될 수 있어요
세상 모두가 혼자랍니다
사노라면 넘어지고 깨지며 삽니다
보이지 않는 미래는 생각하지 마세요
가장 소중한 시간은 바로 지금입니다
추억도 배움의 길일 수 있습니다
소중함을 알게 하는 추억들
아픔이 있을 때는 잠시 쉬어가세요
세상만사 새옹지마랍니다.

마음

마음을 쉽게 드러내지 말라
갈 길이 멀리 남아 있다
조금씩 마음 주며 가라
둥근달도 초승달부터 시작한다
조금씩 네 마음을 보여라
만들고 채워 가는 것이 삶이다.

상처

바람이 없다면 향기가 날아갈 수 없고
향기가 없는 꽃은 열매도 없다
서로 바라보며 흔들며 꽃잎 떨구니
세월이 말없이 흐른다
떨어진 꽃잎처럼 삶도 상처받고
상처 주며 역경을 거친다
이런저런 아픔들이
삶의 약이고 나의 길이 된다.

까치 둥지

넓은 들판 좁은 길
울타리도 이웃도 없는
커다란 미루나무 위에 엉성하게 지은 까치집
푸른 하늘 구름만 온종일 노닐다 가는 곳
구름을 벗 삼아 마음껏 즐긴다
바람이 마구 흔들어도
따스한 햇살을 벗 삼아 온종일 노닌다.

그날이 오기를

금강산에서 흘러내린 물이
지리산 들까지 한없이 적시고
남쪽 봄바람이 금강산에 꽃을 피운다
자연은 오가며 서로 즐기는데
철조망 언저리에는 한숨뿐이다
바람아 꽃만 피우지 말고
정을 주고받으며 이웃이 되자
꽃과 단풍이 피고 질 때면
두고 온 가족들 보고파서
붉은 피가 끓어오른다
물과 꽃불처럼 만나고 반기면
들꽃들도 마냥 웃을 테니
행복의 꽃불 지피는 그날이 오기를.

달빛 편지

친구가 보낸 편지
혼자 보기 아까워
달과 함께 본다
하얀 마음 고운 마음 담아
쌓인 눈 위에서
나는 잘 지낸다고
너도 잘 지내라고
달빛 가득 담아 답장 쓴다.

가을빛

지붕 위 붉은 고추
햇볕에 마르고
달각달각 노란 동전 보일 때까지
사랑의 힘으로 시련을 견딘다
아픔 없이 살 수 없다는 것을 알고
붉은 피 녹이려고 활활 타는
화덕으로 몸을 던진다.

들꽃

살아 있는 것은 모두 소중하다
저편에 비켜 앉아 곱게 핀 들꽃
밤에는 거리의 등이 되고
낮에는 사람의 발에 부딪혀 상처 입은 채
살아남으려고 강한 힘을 기른다
메마르고 척박한 곳에 핀 들꽃
네 탓도 내 뜻도 아니다
주어진 운명대로 살아간다
들꽃 마음 알기에
햇볕이 안쓰러워 가슴 가득 품고 있다.

빈 배

강가에 쉬고 있는 배
예전이나 지금이나 꿈은 화려한데
오도 가도 못하는 낡은 빈 배
물 위에 날아든 황새들이
빈 배를 타고 노를 젓는다
구름도 바람도 타고
계절도 품고
서산에 노을은 벌겋게 타는데
배의 꿈은 낡아지고 멀어져 간다.

찔레꽃

아침햇살에
하얗게 핀 찔레꽃
벌과 나비들이 그 향기 따라 날아든다
장날에 손님 부르듯
윙윙거리며 벌님들이 모여든다
부르지 않아도 찾아든 벌들
향기를 잡으려고 모여든다
옆자리 앉은 이웃 꽃잎도
행복해 넋을 잃고 바라본다.

친구

까맣게 잊고 살았다
이제 와 생각이지만
참으로 미안하구나
이 세상 어디에 살고 있을지도 모르고
앞에 있어도
곁에 있어도
이제 친구인지도 모르고 지나갈 것 같다
희미한 나의 친구
아련한 추억 그 시절이 떠오른다
추억을 생각하며
그때 그 모습 그려 본다
만날 수도 없는 나의 친구
많이 보고 싶다.